JEUNESSE

# Un amour de
# Klonk

**Du même auteur**

**Pour les jeunes**
*Corneilles*, Boréal, 1989.
*Zamboni*, Boréal, 1990 • Prix M. Christie
*Deux heures et demie avant Jasmine*, Boréal, 1991.
    • PRIX DU GOUVERNEUR GÉNÉRAL
*Granulite*, Québec Amérique, 1992.
*Guillaume*, Québec Amérique, 1995.
    • MENTION SPÉCIALE PRIX SAINT-EXUPÉRY (FRANCE)
*Le Match des étoiles*, Québec Amérique, 1996.
*Kate, quelque part*, Québec Amérique, 1998.
*David et le Fantôme*, Dominique et compagnie, 2000
    • PRIX M. CHRISTIE
*David et les monstres de la forêt*, Dominique et compagnie, 2001.
*David et le précipice*, Dominique et compagnie, 2001.
*David et la maison de la sorcière*, Dominique et compagnie, 2002.

**Série « Klonk »**
*Klonk*, Québec Amérique, 1993 • PRIX ALVINE-BÉLISLE
*Lance et Klonk*, Québec Amérique, 1994.
*Le Cercueil de Klonk*, Québec Amérique, 1995.
*Un amour de Klonk*, Québec Amérique, 1995.
*Le Cauchemar de Klonk*, Québec Amérique, 1997.
*Klonk et le Beatle mouillé*, Québec Amérique, 1998.
*Klonk et le treize noir*, Québec Amérique, 1999.
*Klonk et la queue du Scorpion*, Québec Amérique, 2000.
*Coca-Klonk*, Québec Amérique, 2001.
*La Racine carrée de Klonk*, Québec Amérique, 2002.
*Le Testament de Klonk*, Québec Amérique, 2003.

**Albums**
L'ÉTÉ DE LA MOUSTACHE, Les 400 coups, 2000.
MADAME MISÈRE, Les 400 coups, 2000.

**Pour les adultes**
*La Note de passage*, Boréal, 1985.
*Benito*, Boréal, 1987.
*L'Effet Summerhill*, Boréal, 1988.
*Bonheur fou*, Boréal, 1990.
*Les Black Stones vous reviendront dans quelques instants*, Québec Amérique, 1991.
*Ostende*, Québec Amérique, 1994.
*Miss Septembre*, Québec Amérique, 1996.
*Vingt et un tableaux (et quelques craies)*, Québec Amérique, 1998.
*Fillion et frères*, Québec Amérique, 2000.
*Je ne comprends pas tout*, Québec Amérique, 2002.
*Adieu, Betty Crocker*, Québec Amérique, 2003.

# Un amour de Klonk

FRANÇOIS GRAVEL
ILLUSTRATIONS : PIERRE PRATT

ROMAN

QUÉBEC AMÉRIQUE jeunesse

**Données de catalogage avant publication (Canada)**

Gravel, François
Un amour de Klonk
(Bilbo jeunesse ; 62)
ISBN 2-89037-680-X
I. Titre. II. Collection.

PS8563.R388A46 1995     JC843' .54     C95-940805-3
PS9563.R388A46 1995
PZ23.G72Am 1995

Nous reconnaissons l'aide financière du
gouvernement du Canada par l'entremise du
Programme d'aide au développement de l'industrie
de l'édition (PADIÉ) pour nos activités d'édition.

Gouvernement du Québec – Programme de crédit
d'impôt pour l'édition de livres – Gestion SODEC.

Les Éditions Québec Amérique bénéficient du
programme de subvention globale du Conseil des
Arts du Canada. Elles tiennent également à
remercier la SODEC pour son appui financier.

Québec Amérique
329, rue de la Commune Ouest, 3ᵉ étage
Montréal (Québec) H2Y 2E1
Téléphone : (514) 499-3000, télécopieur : (514) 499-3010

Dépôt légal : 4ᵉ trimestre 1995
Bibliothèque nationale du Québec
Bibliothèque nationale du Canada

Révision linguistique : Diane Martin
Mise en pages : Andréa Joseph
Réimpression juin 2003

# CHAPITRE
# UN

Chaque fois que je reçois une lettre de Québec et que je reconnais sur l'enveloppe la petite écriture nerveuse de Klonk, je me demande s'il ne serait pas préférable de la jeter aux poubelles sans l'ouvrir.

En tournant et retournant l'enveloppe entre mes doigts, je me suis rappelé l'aventure des cercueils, qui m'avait valu bien des sueurs froides. Klonk voulait-il encore jouer les héros et comptait-il sur moi pour l'aider? Est-ce que je pourrais jamais me reposer?

Je me suis alors souvenu qu'il m'avait parlé d'une histoire douce et très simple, qui le ferait vivre doublement et l'obligerait à tailler sa barbe... Qu'avait-il voulu dire par là?

Ma curiosité était piquée, mais j'hésitais encore à décacheter la lettre : à peine aurais-je le temps de comprendre ce qui m'arrivait que le piège se refermerait sur moi. Je serais aussitôt emporté dans un tourbillon d'événements auxquels je ne comprendrais rien, comme d'habitude...

Le problème, c'est que je ne suis pas un héros. Ce que j'aime, dans la vie, c'est m'asseoir en face de mon ordinateur pour inventer des histoires. C'est un métier très agréable qui ne me fait courir aucun risque, et cela convient parfaitement au père de famille que je suis. Klonk, lui, est célibataire : il peut donc parcourir le monde et affronter mille dangers sans avoir de comptes à rendre à qui que ce soit.

Klonk était célibataire... Une histoire douce et très simple, qui le ferait *vivre doublement*... Se pouvait-il que?...

C'était plus fort que moi : j'ai déchiré l'enveloppe d'un geste vif, j'en ai extrait le petit carton qu'elle contenait et je l'ai lu à toute vitesse :

*Chers amis,*

*Je voudrais, par la présente, vous inviter à mon mariage, qui aura lieu à dix heures trente, le 29 décembre prochain, au Palais de justice de Saint-Esprit-de-l'Escalier, 15, rue Principale. Prière de ne pas envoyer de fleurs.*

*Klonk*

J'avais deviné juste! Klonk voulait se lancer dans l'aventure du mariage! Voilà ce qu'il voulait dire lorsqu'il parlait de vivre doublement!

Tout joyeux, je suis allé aussitôt annoncer la bonne nouvelle à Agathe, mon épouse, et j'ai été très étonné de la voir lire et relire dix fois le petit carton. Loin de se réjouir, elle avait plutôt l'air préoccupé.

— Il y a quelque chose d'étrange dans cette invitation, me dit-elle.

— Quoi donc ?

— D'abord, la date. Nous sommes au début de janvier, et Klonk nous annonce son mariage pour la fin de décembre. Pourquoi s'y prend-il un an à l'avance ? Et puis cette invitation à ne pas envoyer de fleurs est un peu ridicule, il me semble. Un mariage, ce n'est pas un enterrement.

— Klonk n'a jamais rien fait comme les autres, tu le sais bien.

— Il y a quelque chose de plus bizarre encore, a ajouté Agathe, comme si elle ne m'avait pas entendu. D'habitude, sur les cartons d'invitation, on annonce le mariage de Monsieur Untel avec Mademoiselle Unetelle. Pourquoi

n'y a-t-il pas un autre nom? Klonk veut-il se marier tout seul?

Je n'ai pas répondu à ses questions. D'abord parce que j'étais frustré de ne pas avoir fait moi-même ces constatations élémentaires, et surtout parce que j'étais intrigué. Si Klonk avait déjà songé, le plus sérieusement du monde, à mourir un peu, il était bien capable de vouloir se marier tout seul.

Depuis que je connaissais Klonk, je ne l'avais jamais vu amoureux. Comment en aurait-il trouvé le temps, lui dont le cerveau était sans cesse occupé à imaginer des expériences bizarres ou à concocter des inventions saugrenues? Où, quand et comment avait-il pu dénicher une femme qui avait accepté de partager sa vie? Pourquoi ne m'en avait-il jamais parlé?

Mille questions se bousculaient encore dans ma tête quand le téléphone sonna.

— Tu as reçu ma lettre ?

— Klonk ! Je viens tout juste de la recevoir, en effet. Je me demandais justement...

— Il faut que nous en discutions. Rendez-vous à dix-huit heures au restaurant *La Gourmandise*, dans le Vieux-Montréal, ça te va ? Je saute dans le prochain avion et j'arrive.

— Aujourd'hui même ? C'est que...

— C'est très important. J'ai absolument besoin de toi. À tout à l'heure !

En raccrochant, j'ai songé qu'il m'avait roulé, une fois de plus : rien n'est plus simple et plus naturel qu'un mariage, mais Klonk avait réussi à en faire un mystère.

# CHAPITRE
# DEUX

J'observais Klonk, tandis qu'il commandait son repas, et je ne pouvais m'empêcher de remarquer à quel point l'amour l'avait transfiguré. Ses cheveux, habituellement tout ébouriffés, étaient soigneusement coiffés, sa barbe était bien taillée, ses vêtements impeccables. La transformation était si radicale que j'ai eu du mal à le reconnaître.

Son comportement était encore plus étonnant. Mon ami était d'ordinaire si sûr de lui qu'il passait pour arrogant. Ce soir-là, pourtant, il se montra d'une politesse exquise avec la serveuse. Quand elle se retourna pour se diriger vers la cuisine,

Klonk la suivit des yeux jusqu'à ce qu'elle disparaisse, et il se tourna ensuite vers moi :

— Jolie, n'est-ce pas?

— Très jolie, oui... Et ta fiancée, elle est jolie, elle aussi?

— Ma fiancée? Quelle fiancée?

— Si tu te maries, tu dois avoir une fiancée, non? Comment s'appelle-t-elle?

— Je ne sais pas.

— Tu ne sais pas? Tu veux te marier avec quelqu'un dont tu ne connais même pas le nom?

— C'est un peu plus compliqué que ça... Je veux me marier, oui, mais je ne sais pas encore avec qui.

J'ai eu du mal à avaler mon potage. Qu'est-ce que c'était que cette histoire de fou?

— Laisse-moi t'expliquer. Je suis un peu orgueilleux, comme tu le sais. Alors j'ai décidé de me tendre un piège en envoyant cinq cents cartons d'invitation. Maintenant, il m'est impossible

de changer d'idée sans perdre la face. Je n'ai pas le choix, je dois absolument me marier.

Jamais je n'avais rien entendu d'aussi absurde. Mais ce qui allait suivre était plus étonnant encore :

— J'ai vraiment besoin de ton aide, toi qui es un expert.

— Un expert? En quoi suis-je un expert?

— Tu es marié, non?

— Bien sûr, oui, comme tout le monde. Enfin, comme presque tout le monde. Mais je ne me suis marié qu'une seule fois, cela ne fait pas de moi un expert!

— Tu t'y connais beaucoup plus que moi, en tout cas.

En disant ces mots, il avait penché la tête, comme s'il était un peu honteux. Pour la première fois de ma vie, j'éprouvais envers lui quelque chose qui ressemblait à de la pitié, et j'en étais troublé. Je le regardais étendre un peu de beurre sur son pain, ce qui semblait difficile, à cause de son bras artificiel, et je pensais qu'il était quand même étrange que son infirmité n'ait jamais suscité chez moi un tel sentiment. Mais d'apprendre que mon ami, à quarante-deux ans, n'avait peut-être jamais été amoureux... Il fallait que j'en sache un peu plus long.

— Dis-moi, Klonk, tu as quand même dû songer déjà à te marier, non?

— Non. Je n'ai jamais eu le temps de penser à ces choses-là.

— Mais tu as sûrement eu des amies?

— Évidemment! Pour qui me prends-tu? Je me souviens encore de la dernière. C'était il y a six ou sept ans, je pense. Elle s'appelait Sonia. Nous étions allés ensemble au restaurant, puis au cinéma, une soirée délicieuse...

— Et ensuite?

— Ensuite quoi?

— Qu'est-ce qui s'est passé après le cinéma?

— Rien du tout. Je suis allé la reconduire chez elle, je lui ai promis de la rappeler le lendemain, et j'ai oublié. C'est toujours comme ça. Ou bien j'oublie, ou bien j'y repense deux mois plus tard et la fille ne se souvient plus de moi... La même chose était arrivée avec Pauline. C'était il y a douze ans...

Klonk avait raison de me considérer comme un expert, moi qui n'ai pourtant rien d'un don Juan. En moins de cinq minutes, il avait réussi à me raconter toutes ses *liaisons*. Il en avait eu quatre, en tout et pour tout, et aucune d'entre elles n'avait duré plus de deux semaines. La plus mémorable de ses aventures lui était arrivée à l'âge de seize ans, lorsque, profitant d'une randonnée en pédalo, au chalet de ses parents, il avait caressé la main de

Karine, la petite voisine.

— Dis-moi, Klonk, tu as quand même, hum hum, tu as sûrement réussi à... hum hum...

— Pourquoi tousses-tu autant, tout à coup? Tu as mal à la gorge? Tu devrais boire un peu d'eau.

— Non, ça va aller. Ce que je veux te demander, en fait, c'est si tu as déjà... hum hum...

— Ah, oui! Je vois! Tu veux savoir si j'ai déjà fait l'amour, c'est ça? Pourquoi les gens ne veulent-ils jamais parler de ces choses-là clairement? Pourquoi toutes ces hypocrisies, ces toussotements? Faire l'amour, il n'y a pourtant rien de plus naturel, non?

— En effet. Alors, est-ce que tu l'as déjà fait?

— Ça ne te regarde pas.

À la façon qu'il avait de fuir mon regard, je sentais qu'il valait mieux ne pas m'attarder sur ce délicat sujet.

— ... Et comment comptes-tu t'y prendre pour rencontrer ta future épouse?

— Je n'en ai pas la moindre idée. Je comptais justement sur toi pour me donner un coup de main.

J'ai eu envie de répliquer qu'il est très difficile d'aider quelqu'un à devenir amoureux, mais je me suis retenu.

J'étais si décontenancé par cette requête que j'ai accepté. Après tout, l'aventure dans laquelle il voulait m'entraîner me paraissait sans danger. Il me faut bien admettre aussi que l'idée d'être considéré comme un expert était loin de me déplaire.

— Merci, merci mille fois. Je savais que je pourrais compter sur toi. Je t'ai préparé un petit dossier dans lequel tu trouveras tout ce qu'il te faut. Je n'aurai sans doute pas beaucoup de temps à consacrer à cette affaire, mais n'hésite pas à me contacter aussitôt que tu auras du nouveau.

En prononçant ces mots, il s'est levé, comme s'il avait été assis sur un ressort, m'a serré la main et s'est enfui en taxi, prétextant qu'il avait un rendez-vous urgent avec le directeur d'une grande banque de Montréal.

Avait-il vraiment un rendez-vous ou voulait-il simplement dissimuler sa gêne? Je n'en sais rien. Mais je commençais à deviner, en regardant l'enve-loppe brune qu'il m'avait confiée, que cette aventure ne serait peut-être pas aussi simple qu'elle le paraissait.

# CHAPITRE
# TROIS

Tout en dégustant un dernier café dans le restaurant où il m'avait laissé seul, j'ai décacheté la grande enveloppe. Le « dossier Klonk » tenait sur deux feuilles de papier.

Sur la première, Klonk avait compilé quelques renseignements personnels. On y apprenait, par exemple, qu'il avait quarante-deux ans et qu'il était né sous le signe de la Balance, mais il précisait immédiatement que, selon les astrologues, les natifs de ce signe ne croient pas à l'astrologie, ce qui prouve que les astrologues n'ont pas toujours tort.

Il avait ensuite cherché à se décrire. Le fait qu'il ait les yeux et les cheveux bruns, qu'il porte la barbe, qu'il mesure un mètre quatre-vingts et qu'il pèse soixante-dix-neuf kilos avait peut-être une certaine importance, mais avait-il besoin d'ajouter des informations sur le poids de son cerveau, qui était approximativement, d'après ses calculs, de mille cinq cent soixante-deux grammes? Parmi un fatras de chiffres aussi inutiles les uns que les autres, on ne trouvait qu'une seule autre révélation qui me semblait pertinente. Il avait noté que son bras gauche mesurait, de l'épaule au coude, vingt-quatre centimètres, alors que le droit n'en avait que dix. Il s'était ensuite empressé d'écrire, en soulignant deux fois sa phrase, que toutes les autres parties de son anatomie avaient des dimensions harmonieuses.

On pouvait lire, sur la même feuille, une liste de ses goûts et de ses préférences. Sa pièce musicale favorite était le concerto numéro dix-huit en *ré* majeur pour cornemuse et contrebasse de Kurt Smitzklyvensky, mais il avait aussi un faible pour les sonates pour violon désaccordé d'Allessandro Caprolini. Il avouait raffoler des sandwichs au salami hongrois, mais à la condition qu'ils soient préparés avec du pain blanc dont la tranche supérieure aurait été recouverte de douze millilitres de beurre sans sel et la tranche inférieure, d'une quantité égale de moutarde forte.

La partie qui traitait de ses activités professionnelles était un peu plus intéressante. Il se décrivait comme un chercheur spécialisé dans l'utilisation des ondes du cerveau, ce qui lui permettait d'aider les policiers à résoudre certaines enquêtes et de faire quelques inventions qui lui procuraient une situation financière enviable.

Ainsi se terminait son autoportrait. Je commençais à douter de la possibilité de trouver une compagne pour un individu aussi bizarre. Klonk s'attendait-il à ce que je parcoure le monde, à la recherche d'une femme qui rêvât depuis toujours de rencontrer un amateur de sandwichs au salami hongrois?

Mes surprises n'étaient cependant pas terminées. En lisant la seconde feuille, j'étais presque désespéré. Pour que le lecteur puisse en juger par lui-même, j'inclus ici une transcription de ce texte.

Comment j'imagine ma
future épouse
par Klonk

Au risque de paraître présomptueux, je crois pouvoir affirmer que je connais très bien mes goûts.

Je ne porte pas une grande attention aux caractéristiques physiques. Je voudrais simplement que ma compagne ait les cheveux bruns, coupés court, et les yeux bruns, avec une nuance de vert qu'on verrait apparaître, le soir, à la lumière des chandelles. Ses sourcils devraient être fins et bien séparés, ses ongles bien taillés, et sa peau devrait avoir la couleur exacte d'un biscuit feuille d'érable. Elle devrait mesurer au moins un mètre cinquante-six mais pas plus d'un mètre soixante-treize et son poids devrait être compris dans un intervalle allant, selon son ossature, de cinquante-deux à soixante-six kilos. Elle ne devrait jamais porter de chaussures à talons hauts ni de rouge à lèvres, mais pourrait à la rigueur souligner ses paupières d'un trait de crayon noir. J'accepterais qu'elle fume la cigarette (mais pas le cigare ni la pipe), à condition qu'elle vide ses cendriers chaque soir.

Je ne veux pas d'une épouse qui m'attende à la maison en reprisant mes chaussettes. Elle devrait donc avoir un bon emploi. Professeur de mathématiques à l'université, par exemple. (Ne nous montrons pas trop difficile: peu importe sa profession, au fond, du moment qu'elle détiendrait un doctorat dans une matière scientifique.)

Elle serait indépendante d'esprit, d'humeur égale, et suffisamment sûre d'elle-même pour ne pas prendre ombrage de mon évidente supériorité cérébrale. Nous pourrions passer nos soirées à discuter philosophie et littérature, à résoudre des problèmes de mathématiques avancées, voire même à jouer aux échecs (elle devrait avoir une cote d'au moins mille six cents) et au scrabble (à condition que sa moyenne soit d'au moins cinq cents points). Quelquefois, aussi, nous pourrions écouter un peu de musique devant un feu de foyer (si jamais j'arrive à faire débloquer ma cheminée) avant de faire ensemble ce pour quoi les gens se marient.

P.S. Il va de soi que j'ai dressé ici un portrait idéal. S'il arrivait qu'un ou deux détails mineurs ne correspondent pas exactement à cette description, je pense que je pourrais m'en accommoder.

Klonk

J'ai rangé les feuilles dans l'enveloppe en poussant un long soupir. Comment arriver à satisfaire quelqu'un qui se montrait aussi capricieux? J'étais quand même décidé à l'aider, et une idée m'effleurait déjà l'esprit.

# CHAPITRE
# QUATRE

Agathe et moi en avons discuté, et nous avons convenu que Jasmine, une amie de ma femme, était peut-être une candidate intéressante. Nous n'avons pas osé la peser ni la mesurer pour voir si elle correspondait aux critères de Klonk, et nous n'avons pas cru bon non plus de lui demander si elle aimait les sandwichs au salami. Il nous semblait plus important de considérer qu'elle enseignait les mathématiques dans une école secondaire, qu'elle était célibataire et, surtout, qu'elle cherchait désespérément un mari.

Nous l'avons donc invitée à venir manger à la maison, en

spécifiant que nous inviterions aussi un ami, sans plus de précision. S'ils se plaisaient mutuellement, nous pourrions organiser une autre rencontre, et ensuite, qui sait... Ce n'est peut-être pas une méthode très originale, mais plusieurs couples se sont rencontrés de cette manière.

Jasmine accepta sans la moindre réticence, mais ce fut une tout autre affaire de convaincre Klonk. Quelles que fussent les dates que je lui proposais, il affirmait ne jamais pouvoir se libérer. Ses prétextes me semblaient si farfelus qu'un doute m'a effleuré l'esprit.

— Est-ce que tu aurais peur, par hasard?

— Peur? Moi? Pas du tout! Je ne sais pas pourquoi tu dis ça... Écoute, à bien y penser, je pourrais peut-être me libérer dimanche prochain. Est-ce que tu crois que ça irait?

—Parfait. À dimanche prochain, donc.

Autant le dire tout de suite, la rencontre fut catastrophique. Agathe et moi avions pourtant tout fait pour que ce repas soit mémorable. Les cailles aux framboises étaient délicieuses, les vins délicats, et nous avions même allumé des chandelles pour faire briller les yeux des éventuels amoureux.

Jasmine était aussi jolie que d'habitude et même un peu plus, à tel point que je me suis surpris à penser, en la regardant, que si j'avais été célibataire...

Klonk s'était présenté en retard et, comme pour s'en excuser, avait offert à Jasmine un bouquet de fleurs si gigantesque que je l'ai soupçonné d'avoir dévalisé le jardin botanique. Jasmine a accepté le bouquet, un peu gênée, mais il était facile de voir qu'elle se demandait déjà sur quelle sorte d'énergumène elle était tombée.

Quand nous sommes passés à table, j'ai demandé à Klonk de nous parler de ses expériences. Mal m'en prit : il s'est alors transformé en véritable moulin à paroles, nous décrivant chacune de ses inventions dans le moindre détail et en utilisant un jargon scientifique si obscur que personne n'arrivait à le suivre. Jasmine avait du mal à réprimer ses bâillements, mais Klonk ne semblait pas s'en apercevoir. Il continuait à parler et à parler encore, comme s'il donnait une conférence dans une université.

Afin d'éviter la catastrophe totale, je lui ai posé des questions sur ses enquêtes. Ce qu'il nous a alors raconté était très intéressant, voire même passionnant : il semblait fort préoccupé, depuis quelque temps, par les activités d'un mystérieux malfaiteur qui dévalisait des dizaines

de guichets automatiques, sans jamais se faire coincer.

— Peut-être s'agit-il d'un génie de l'informatique, a demandé Jasmine, quelqu'un qui...

— C'est une hypothèse idiote, a rétorqué Klonk. Croyez-vous que les policiers m'auraient consulté pour un délit aussi banal? Il n'y a aucune trace d'effraction et le malfaiteur n'utilise pas de carte magnétique, ni aucun appareil électronique. Tout ce que l'on sait de lui, c'est qu'il n'a qu'à se poster devant un guichet automatique pour voir celui-ci lui cracher aussitôt toutes ses réserves de billets de vingt dollars. Ce n'est pas un génie de l'informatique, non, mais un véritable génie, et seul un autre génie peut arriver à le déjouer. Cela me fait d'ailleurs penser à l'aventure des cercueils...

Klonk avait ainsi continué à parler durant des heures sans jamais reprendre son souffle.

Jasmine, évidemment, n'avait plus tenté de l'interrompre : personne n'aime se faire traiter d'idiot.

Et Klonk parlait et parlait encore, sans se douter le moins du monde que Jasmine ne l'écoutait plus que par politesse. Elle avait été un ange de patience, ce soir-là, en supportant l'interminable bavardage de Klonk jusqu'à dix heures et demie. N'en pouvant plus, elle avait alors prétexté un malaise pour rentrer chez elle.

— Dommage qu'elle ait eu ce malaise, a dit Klonk aussitôt qu'elle eut franchi la porte, la soirée me semblait bien amorcée. Elle semble très intelligente, et en plus elle est très jolie, ce qui ne gâte rien. Je devrais lui téléphoner le plus rapidement possible, ne croyez-vous pas ? Peut-être devrais-je l'inviter à aller au concert, et ensuite la demander en mariage ?

Sur le coup, j'ai pensé que Klonk faisait une blague, mais le ton était sincère. À l'idée de la revoir, ses yeux étaient déjà remplis d'étoiles. Il n'est pas toujours facile de dire la vérité, mais il me semblait que je n'avais pas le choix : s'il persistait dans sa décision, il courait au-devant de grandes déceptions.

— À vrai dire, je ne crois pas que ce soit une bonne idée.

— Pourquoi pas ? Tu crois qu'elle n'aime pas les concerts ? Peut-être que je devrais l'inviter au cinéma ?

— Il ne s'agit pas de cela... Écoute, Klonk, crois-tu vraiment qu'elle ait été victime d'un malaise, ce soir ?

— Bien sûr. C'est ce qu'elle a dit, non ?

— C'était un prétexte. Et si tu téléphones chez elle, elle trouvera un autre prétexte pour refuser ton invitation. Elle dira qu'elle est malade, ou bien qu'elle a un rendez-vous avec son esthéticienne... La vérité, Klonk, c'est que si tu continues à agir ainsi, personne ne s'intéressera jamais à toi.

— ... Qu'est-ce que j'ai fait de mal?

— Tu n'as pas cessé de parler une seule minute!

— C'est normal, non? Il fallait bien que je lui fasse savoir quel être exceptionnel je suis!

— Bien sûr, a répliqué Agathe, mais as-tu pensé que Jasmine pouvait être une femme exceptionnelle, elle aussi? Elle aurait peut-être aimé parler de ce qu'elle fait, de ce qu'elle aime, mais c'est à peine si tu lui as permis de placer une phrase! Crois-moi, Klonk, tu ferais mieux de l'oublier.

Nous nous étions peut-être montrés un peu brutaux: Klonk s'était affaissé dans un fauteuil, complètement abattu. Ne sachant trop quoi dire, je lui ai offert un verre de brandy, pour le consoler. Il a bu son verre en silence, tout en semblant réfléchir intensément. Quelques instants plus tard, il se relevait, comme illuminé par une révélation.

— J'ai été idiot, absolument idiot! disait-il en se tapant le front de la main.

— Mais non, ai-je répliqué pour le réconforter, tu manques un peu d'expérience, c'est tout. La prochaine fois...

— La prochaine fois, voilà la clé de l'énigme, tu as raison! Notre malfaiteur a un point faible : il n'est pas capable de s'arrêter! Pourquoi le ferait-il, d'ailleurs, puisqu'il peut dévaliser tous les guichets automatiques sans jamais courir le moindre risque? Il y aura donc nécessairement une prochaine fois...

— Klonk, je parlais de Jasmine...

— Jasmine? Qui ça, Jasmine? Ah oui, ça me revient... Bon, j'ai eu tort, c'est vrai. La prochaine fois, je ferai mieux, c'est promis. En attendant, il me faut absolument une liste de tous les guichets de la province...

Il était ensuite parti en coup de vent, sans même songer à nous remercier pour le repas que nous avions passé la journée à préparer.

Tandis que nous le regardions s'engouffrer dans un taxi, Agathe et moi étions un peu désespérés : Klonk changerait-il jamais?

Le taxi a démarré en trombe, puis s'est arrêté soudainement avant d'atteindre le coin de la rue pour reculer jusque devant chez moi.

Klonk est alors sorti de la voiture et est revenu vers nous d'un pas pressé. Avait-il oublié son parapluie?

— Excusez-moi, nous a-t-il dit, un peu essoufflé. J'ai oublié de vous remercier pour le repas. C'était délicieux, vraiment délicieux. À la prochaine, j'espère!

# CHAPITRE
# CINQ

On a beau avoir beaucoup d'amis, les femmes célibataires de quarante ans qui veulent se marier rapidement ne courent pas les rues, quoi qu'on en dise. En épluchant la liste de mes relations, je ne voyais qu'une seule personne susceptible de plaire à Klonk, et réciproquement.

Mon amie Édith n'était pas docteur en mathématiques, ne savait pas jouer aux échecs et n'avait pas les cheveux bruns mais roux. Rien de tout cela ne semblait correspondre aux goûts de Klonk, mais mon intuition me disait qu'il valait tout de même la peine d'essayer.

Édith, en effet, écrivait des romans de science-fiction. Peut-être serait-elle intéressée à rencontrer quelqu'un qui ressemblait à un extra-terrestre? De plus, Édith avait divorcé très rapidement de ses trois précédents maris, se plaignant de ce qu'ils étaient ennuyeux. Or Klonk, qui a peut-être bien des défauts, n'a certainement pas celui-là. Un mariage avec Édith risquait de ne pas durer très longtemps, mais peut-être était-ce précisément ce dont Klonk avait besoin pour prendre un peu d'expérience.

J'ai donc téléphoné à Édith pour lui faire part de mon projet, et elle a accepté avec enthousiasme. Les dons particuliers de Klonk, dont je lui avais souvent parlé, l'intriguaient beaucoup.

J'ai ensuite téléphoné à Klonk, à qui j'ai cru bon de donner quelques conseils :

— Édith, tu vois, a une forte personnalité et elle aime bien s'exprimer...

— D'accord, d'accord, j'ai compris !

Il était un peu vexé, bien sûr, mais je pensais tout de même avoir bien agi en le mettant en garde. Édith avait déjà un préjugé favorable envers lui, il fallait donc éviter de gaspiller une telle chance en commettant les mêmes erreurs.

La rencontre avait eu lieu dans ce restaurant tournant, au sommet d'un gratte-ciel, où Klonk et moi nous étions déjà donné rendez-vous, l'année précédente, pour admirer une éclipse de lune. Bien que la nourriture n'y fût pas excellente, l'endroit me paraissait convenir à une romancière de science-fiction, qui se rapprocherait ainsi des étoiles, et à Klonk, qui était si souvent dans la lune.

Au début de la soirée, tout semblait prometteur. La nuit était claire, sans un seul nuage, et nous avions l'impression de nous promener dans les galaxies à bord de notre vaisseau spatial. Édith en a profité pour nous parler des trous noirs, ce qui a amené Klonk à débattre avec elle de certaines théories d'Einstein. Tous les deux raffolaient de ces discussions scientifiques, et ils s'entendaient si bien que bientôt ma femme et moi nous échangions des clins d'œil complices. L'affaire était dans le sac.

Ensuite, cependant, tout s'est gâché bien vite. Klonk, comme s'il voulait à tout prix suivre mes conseils, cherchait à s'effacer. L'interrogeait-on qu'il répondait le plus rapidement possible et posait aussitôt une question à Édith.

C'est une bonne idée, bien sûr, de poser des questions aux gens pour montrer qu'on s'intéresse à eux, mais il faut aussi écouter leurs réponses, ou du moins faire semblant.

Klonk agissait plutôt comme si la conversation avait été une désagréable corvée qui l'empêchait de réfléchir. L'esprit ailleurs, il n'écoutait pas un mot de ce que disait Édith. Quand elle lui parlait des romans qu'elle écrivait, il sortait un crayon de sa poche pour griffonner des formules mathématiques sur la nappe. Je ne sais pas comment Einstein aurait expliqué le phénomène, mais ces deux individus, bien que partageant le même vaisseau spatial, étaient à des milliers d'années-lumière l'un de l'autre.

Édith nous expliquait quelque chose à propos de l'espace-temps lorsque Klonk, soudainement, s'est levé d'un bond et nous a demandé de le suivre. À vrai dire, il s'agissait bien plus d'un ordre que d'une demande.

Sans même attendre notre réponse, il s'est dirigé tout droit vers l'ascenseur, jetant au passage sa serviette de table sur le bras d'un serveur qui en est demeuré longtemps stupéfait.

Agissant par pur réflexe, j'ai réussi à le rattraper juste avant que les portes de l'ascenseur ne se referment. Édith et Agathe, qui n'avaient pas réagi aussi vite, étaient restées tranquillement attablées.

# CHAPITRE
# SIX

CHAPTER
SIX

—Peux-tu me dire quelle mouche t'a piqué? ai-je demandé à Klonk dans l'ascenseur. La soirée avait pourtant bien commencé...

—Attends, tu vas voir!

Nous étions arrivés au rez-de-chaussée, où Klonk eut tôt fait de repérer un guichet automatique. Planté devant l'écran, il réfléchissait intensément.

—Tu as besoin d'argent?

—Laisse-moi me concentrer, je t'en prie!

Klonk fixait l'écran du guichet, comme s'il voulait l'hypnotiser. Cela me semblait absolument ridicule, jusqu'à ce que je comprenne ce qu'il tentait de réaliser : il voulait communiquer avec la machine par transmission de pensée, ou quelque chose dans ce genre-là, pour l'obliger à cracher ses dollars! J'étais si curieux de voir s'il réussirait que j'ai observé le plus grand silence, ne voulant pas troubler sa concentration. Klonk, après tout, m'avait déjà montré qu'il était capable, en contrôlant les ondes de son cerveau, de disparaître complètement et de déplacer des objets par télékinésie. Pourquoi n'arriverait-il pas à contrôler une machine?

Klonk avait le front tout plissé et les veines de son cou étaient si tendues que je craignais que sa tête n'éclate. Persuadé qu'il réussirait dans sa folle entreprise, j'en étais venu à oublier moi aussi, je l'avoue à ma courte honte, Agathe et Édith, qui nous attendaient encore au restaurant.

Mais les ondes de Klonk, si

puissantes en certaines circons-
tances, paraissaient incapables
de déjouer l'ordinateur. L'écran,
comme s'il voulait nous narguer,
se contentait d'afficher le même
éternel message : «Bonjour, veuil-
lez insérer votre carte...»

Nous avons dû rester là cinq
bonnes minutes, qui m'ont paru
durer une éternité, avant que
Klonk abandonne finalement la
lutte.

— Stupide machine! Bête et
stupide machine!

— Tu es vraiment convaincu
que ton voleur de guichets automatiques s'y prend comme ça?

— J'en suis persuadé. Impossible qu'il en soit autrement.
Quand je pense que j'ai accepté
cette mission en croyant que ce
serait enfantin... Nous avons
affaire à quelqu'un de fort. De
très fort...

Jamais, depuis que je le connaissais, Klonk ne m'avait paru
aussi abattu. J'ai bien essayé de

lui remonter le moral en lui répétant qu'il n'était pas obligé de toujours réussir du premier coup, rien n'y faisait. Il regardait encore l'écran de l'ordinateur comme s'il s'agissait du pire ennemi qu'il eût jamais affronté.

— Tu y arriveras sûrement, un jour ou l'autre... En attendant, il faudrait peut-être retourner au restaurant, tu ne crois pas?

— Quel restaurant?

Klonk était complètement hébété. J'ai dû lui rappeler qu'Agathe et Édith nous attendaient toujours, là-haut, et qu'il faudrait leur expliquer notre escapade.

— Tu as raison, a-t-il fini par me dire, j'ai encore agi comme un idiot. Cette histoire commence à m'obséder dangereusement...

Nous sommes arrivés juste à temps : les deux femmes avaient réglé l'addition et s'apprêtaient à partir.

Klonk s'est excusé, puis, soudainement inspiré, a cherché à se faire pardonner par un geste spectaculaire.

— Observez bien cette table...

Nous avons suivi son regard jusqu'à un jeune couple, assis non loin de nous. Ils semblaient tellement occupés à se regarder dans les yeux et à se caresser les mains qu'ils n'ont même pas remarqué que le bouquet de fleurs qui occupait le centre de la table s'est tranquillement élevé dans les airs avant de se diriger, comme un oiseau, jusque dans les mains d'Édith.

Le geste était si joli qu'Édith, bien qu'encore fâchée, n'a pu réprimer un petit sourire.

Mais c'était trop tard : quand je lui ai téléphoné, la semaine suivante, elle m'a dit que mon ami Klonk était peut-être intéressant en tant que phénomène de cirque, mais que seule une folle accepterait de partager sa vie.

# CHAPITRE
# SEPT

Deux semaines s'étaient écoulées depuis la rencontre avec Édith, et Klonk ne m'avait pas donné signe de vie. Pour peu qu'on le connaisse, de telles éclipses n'avaient rien d'inhabituel, mais j'étais tout de même inquiet. Il n'avait pas répondu à la lettre que je lui avais envoyée pour lui demander s'il s'attendait à ce que je poursuive mes recherches. Chaque fois que je téléphonais chez lui, je me butais à son répondeur. J'avais du mal à reconnaître sa voix tant elle me paraissait triste. Le message lui-même n'avait rien de rassurant : «Il m'est impossible de vous répondre pour le moment, mais vous pouvez toujours laisser votre nom et votre numéro de téléphone, si vous y tenez absolument...»

Par le plus grand des hasards, j'ai alors reçu une lettre d'un éditeur de Québec qui m'invitait à lui soumettre des manuscrits. Comme je n'aimais pas les livres qu'il publiait habituellement, je n'avais aucune intention d'accepter son offre, mais j'ai tout de même décidé d'aller le lui dire en personne.

Quand je suis arrivé à Québec, je n'ai même pas ralenti en passant devant le bureau de cet éditeur. À vrai dire, une lettre ferait tout aussi bien l'affaire.

Je me suis évidemment dirigé tout droit vers la maison de Klonk. Je venais à peine de refermer la portière de mon automobile que j'ai su que j'avais bien fait. L'entrée, qui n'avait pas été pelletée depuis le début de l'hiver, était recouverte d'une couche de neige si épaisse qu'on devait, pour parvenir à sa porte, marcher dans les traces de pas qu'avait sans doute laissées le facteur. Les trous étaient si profonds qu'on se mouillait les fesses à chaque pas.

J'ai dû sonner trois fois avant que Klonk vienne enfin répondre. Je devrais plutôt parler du fantôme de Klonk : il était si pâle et si maigre que j'ai eu envie d'appeler immédiatement non pas une ambulance, mais un de ces restaurants qui livrent des repas en moins de trente minutes.

Encore en robe de chambre à trois heures de l'après-midi, il m'accueillit sans me dire un mot, esquissant avec peine ce qui pouvait passer, à la rigueur, pour un semblant de sourire. Il marcha péniblement jusqu'à son fauteuil, dans lequel il s'affala comme s'il revenait d'une expédition exténuante.

La maison de Klonk n'avait jamais été un modèle de rangement, mais le désordre sympathique qui y régnait habituellement s'était maintenant transformé en fouillis total. Des vêtements froissés traînaient sur les bras des fauteuils, de vieux journaux recouvraient les tables et des centaines de livres jonchaient le sol, formant de véritables montagnes. En jetant un coup d'œil à quelques titres, j'ai deviné pourquoi mon ami était si accablé : il semblait avoir passé les deux dernières semaines à consulter des ouvrages traitant d'informatique.

— Je vais te faire un aveu, a-t-il dit faiblement, comme pour confirmer mon intuition. Je n'ai jamais rien compris à l'informatique. Je *déteste* l'informatique...

D'un geste de la main, je l'ai invité à se taire et je me suis dirigé vers la cuisine. J'ai ouvert lentement la porte du réfrigérateur qui, à ma grande surprise, était propre et bien garni. En fouillant un peu, j'ai déniché ce que je cherchais : du pain blanc, du salami hongrois, du beurre et de la moutarde forte.

Après qu'il eut mangé son sandwich et bu un grand verre de lait, Klonk reprit un peu de couleurs. Je pouvais donc le questionner sans courir le risque qu'il meure d'épuisement.

— C'est encore cette affaire des guichets automatiques qui te tracasse ?

— Deux cent mille dollars ! Notre voleur a réussi à dérober deux cent mille dollars en moins de deux semaines !

— Comment s'y prend-il ?

— Il s'installe devant le guichet, il remplit son sac de billets et disparaît sans laisser la moindre trace. Les policiers n'ont pas trouvé d'empreintes digitales et les caméras n'ont capté aucune image ! On dirait qu'elles tombent en panne, comme par magie, chaque fois qu'il se présente. Un voleur invisible!

— ... Peut-être réussit-il, comme toi, à contrôler les ondes de son cerveau?

— C'est l'évidence même. Le problème, c'est qu'il est beaucoup plus fort que moi : il parle avec les ordinateurs pour les convaincre, si je puis dire, de lui donner tous leurs billets! Les banquiers ont beau changer les programmes de leurs ordinateurs chaque semaine, il parvient toujours à les déjouer. Et il y a plus inquiétant encore.

— Quoi donc?

— Suivant ma suggestion, les policiers ont marqué certains billets à l'aide d'une toute nouvelle technique, utilisant de faibles signaux radioactifs, détectables à des kilomètres de distance. Si nous ne pouvons pas le pincer quand il vole, du moins pourrons-nous le coincer quand il utilise ses billets.

— Bonne idée! Et alors?

— Il ne dépense rien! Il accumule son argent sans jamais le dépenser, comme s'il avait besoin d'une fortune pour commettre des crimes bien plus graves encore!

Klonk était toujours affalé dans son fauteuil, l'air complètement désespéré. Même son chat à trois pattes, qui venait d'entrer dans la pièce, semblait triste.

Si Klonk n'arrivait pas à résoudre ce mystère, je savais que je n'avais aucune chance d'y parvenir. Mais je pouvais au moins tenter de lui remonter le moral.

— Supposons, lui ai-je dit, que ton voleur continue à dévaliser les guichets automatiques. Les banquiers perdront de l'argent, bon. Et alors? Ce n'est quand même pas ta faute, non? Et puis le voleur finira bien par se

démasquer, un jour ou l'autre...
Et même s'il ne se faisait jamais
prendre, même si tu échouais
dans ton enquête, qu'est-ce que
ça changerait? Tu n'es pas
obligé d'être infaillible!

— Et ma réputation?

— Elle n'en sera que meilleure, ta réputation. Tu auras
l'air humain, c'est tout!

Il me regardait avec des grands
yeux ronds, ne trouvant rien à
me répondre. J'avais réussi à lui
clouer le bec, pour une fois, et je
n'en étais pas peu fier.

Quelques instants plus tard, il
s'extirpait de son fauteuil et se
dirigeait vers la cuisine pour se
préparer un deuxième sandwich
au salami. J'ai su alors que je
pouvais rentrer à la maison : il
réussirait à s'en sortir, quoi qu'il
advienne.

Entre-temps, j'avais élaboré un
plan que je préférais tenir secret
mais qui, s'il fonctionnait, lui
remonterait le moral à coup sûr.

# CHAPITRE
# HUIT

*H, 42 ans, tempérament bizarre,*
*métier insolite, financièrement à*
*l'aise, cherche F à l'esprit ouvert,*
*possédant doctorat scientifique,*
*aimant les sciences, le scrabble et*
*les échecs. But sérieux seulement.*
*Casier postal 1018.*

Non, ce n'était pas une bonne
idée. Si je publiais cette annonce
dans les journaux, je risquais, en
précisant que Klonk était financièrement à l'aise, d'attirer des
femmes qui ne seraient intéres-
sées que par son argent. Si je men-
tionnais qu'il avait un tempérament bizarre, peut-être croiraient-
elles qu'il était fou? Et puis était-il
vraiment si important qu'elle aime
le scrabble et les échecs?

D'un autre côté, je pouvais difficilement écrire quelque chose du genre « *H, 42 ans, cherche femme, but sérieux* ». Une telle annonce ne coûterait pas cher, mais je passerais des heures et des heures à dépouiller mon courrier pour éliminer toutes celles qui ne feraient pas l'affaire.

À moins d'essayer un style plus... bizarre?

*H, 42 ans, bizarre bizarre, cherche F bizarre bizarre pour échange ondes cérébrales.*

Non, ça n'allait pas. Klonk était bizarre, d'accord, mais peut-être n'avait-il pas besoin d'une épouse qui le soit autant que lui. Et puis Klonk n'était pas si bizarre, à bien y penser. Il était unique, bien sûr. Il est plutôt rare de rencontrer un homme comme lui... Et si j'essayais quelque chose avec le mot *rare*?

*Lettre rare mais payante, cherche case compte double pour placer un mot de sept lettres.*

Non, ça ne convenait pas. Qui pourrait deviner que le mot de sept lettres était mariage?

Les échecs, alors?

*Roi solitaire, un peu fou mais pas trop, rêvant de se transformer en cavalier pour offrir une tour à sa reine.*

Et si la reine en question convenait en tous points à Klonk mais n'aimait pas les échecs?

Même si c'est mon métier d'écrire, jamais, je pense, je n'avais consacré tant de temps à essayer de rédiger deux ou trois phrases. Comment peut-on résumer quelqu'un en si peu de mots? Comment composer une annonce qui soit intéressante sans être mensongère? Comment faire, surtout, pour attirer l'attention de la perle rare?

J'avais déjà choisi les journaux dans lesquels je comptais publier cette annonce, réservé un casier postal, et j'étais prêt à rencontrer toutes les femmes qui m'écriraient, ou du moins toutes les candidates prometteuses. Si j'en trouvais une qui me paraissait convenir, je lui décrirais d'abord les qualités et les défauts de mon ami, pour qu'elle soit prévenue; ensuite, ensuite seulement, j'organiserais une rencontre. Cela risquait de prendre du temps, mais je devais bien cela, il me semble, à mon ami Klonk. Le seul problème, c'était que je n'arrivais toujours pas à composer cette fameuse annonce.

J'avais d'abord transcrit tout le dossier que Klonk m'avait donné et essayé d'éliminer ce qui était farfelu ou secondaire, en pure perte. J'avais ensuite tenté de tout oublier et de composer moi-même les messages, sans plus de succès.

J'étais là, devant mon écran vide, quand un miracle s'est produit. Sur le coup, j'ai bien failli devenir fou.

Il n'y avait rien d'écrit sur mon

écran, strictement rien, et mes mains ne touchaient pas au clavier. Pourtant, sans qu'aucune touche s'enfonce, des mots s'écrivaient, là, devant moi.

Mes sourcils sont fins et bien séparés. Mes yeux sont bruns, avec une nuance de vert. Appuyez sur O si vous désirez que je poursuive la description et sur N si vous désirez interrompre la communication.

Mon ordinateur était-il déréglé? En ce cas, mon écran aurait été rempli de signes bizarres, sans queue ni tête. Il était impossible, rigoureusement impossible, que ces phrases-là soient apparues par hasard. Agathe avait-elle branché un modem sans me prévenir? Elle n'aurait pas pu : il n'y a pas de prise téléphonique dans mon bureau.

Il ne restait plus qu'une solution logique. J'avais trop travaillé, tout simplement, et mes yeux fatigués avaient été victimes d'une hallucination. Le message, d'ailleurs, commençait à s'effacer. Après m'être bien frotté les yeux, j'ai encore regardé mon écran, qui était de nouveau vide. Une hallucination, une simple hallucination.

Quelque chose m'incitait pourtant, pour en avoir le cœur net, à appuyer sur la touche O. Juste pour voir. L'écran, une fois de plus, s'est rempli de lettres :

— Mes ongles sont toujours bien taillés, ma peau a la couleur exacte des biscuits feuille d'érable, et ma moyenne au scrabble est de six cents points (par contre, je dois avouer que je ne raffole pas des échecs, quoique je sois une adversaire convenable). Croyez-vous que je sois tout de même une candidate acceptable? Appuyez sur O pour signifier oui et sur N si vous entretenez encore quelque doute.

N'arrivant toujours pas à croire ce que je voyais, j'ai appuyé sur N.

—Vous êtes vraiment sceptique... J'aime bien le concerto numéro dix-huit en ré majeur de Kurt Smitzklyvensky, mais j'avoue ne pas très bien connaître l'œuvre d'Allessandro Caprolini. Cela vous suffit-il? Appuyez sur la touche O.

J'attendais la suite du message mais mon interlocutrice, cette fois-ci, ne me laissait pas le choix. Quelque chose me disait qu'il n'y avait pas que ses goûts musicaux qui ressemblaient à ceux de Klonk. Son tempérament aussi... Obéissant à son ordre, j'ai donc appuyé sur la touche O.

—Rendez-vous immédiatement dans le hall du Grand Hôtel, installez-vous confortablement dans un fauteuil et attendez. Si jamais un serveur se présente, commandez-lui un sandwich au salami. Je vous rejoindrai très bientôt. Avez-vous bien compris mes instructions? Appuyez sur la touche O.

Je n'avais pas le choix, encore

une fois. J'ai donc fait comme on me demandait.

— Comment se fait-il que votre ordinateur soit encore allumé? Vous devriez être déjà parti!

# CHAPITRE
# NEUF

C'était complètement fou, mais est-ce que je pouvais laisser passer une telle occasion? Sans réfléchir davantage, je suis aussitôt monté dans mon automobile, direction centre-ville.

La circulation était lourde, cet après-midi-là, et les feux rouges semblaient durer une éternité. J'ai eu envie d'en brûler quelques-uns, mais j'ai résisté à la tentation. Mes nombreux arrêts me retardaient peut-être, mais ils me donnaient aussi l'occasion de chercher à comprendre ce qui m'était arrivé. J'ignorais totalement comment mon interlocutrice avait réussi à faire apparaître ces phrases bizarres sur l'écran de mon ordinateur, mais cela ne me paraissait pas très important. Ce qui m'intriguait bien davantage, c'était que personne n'aurait pu écrire ces phrases sans avoir lu le dossier que Klonk m'avait préparé. Or, je n'avais montré ce dossier à personne, pas même à Agathe.

J'étais donc, curieusement, le seul suspect. Peut-être avais-je tellement réfléchi à ma petite annonce que mon cerveau, sans que j'en aie eu conscience, avait parlé, en quelque sorte, avec mon ordinateur? C'était difficile à avaler. J'ai un cerveau tout à fait normal, pas même capable de soulever à distance une cuiller de plastique.

Il ne restait donc plus qu'une solution : mon interlocutrice était en fait un interlocuteur, et cet interlocuteur s'appelait Klonk... Peut-être avait-il réussi enfin à communiquer avec les ordinateurs et avait-il voulu ainsi me révéler son pouvoir? Mais pourquoi ne pas me l'avoir dit? Avait-il voulu me faire une blague, tout simplement, pour me prouver qu'il avait retrouvé sa bonne humeur?

Je n'ai pas mis longtemps, en arrivant dans le hall du Grand Hôtel, à voir ma déduction confirmée : Klonk étais assis à la première table, tout près de la porte. Il avait une vive discussion avec le serveur, qui venait de lui apporter une bouteille de champagne.

Quand il m'a vu entrer, il a semblé franchement étonné. J'étais sur le point de le féliciter pour ses talents de comédien mais je n'ai pas eu le temps de placer un mot qu'il m'apostrophait :

— C'est toi qui as fait livrer ce champagne?

— Pas du tout, non. Je ne suis pas d'humeur à boire du champagne, si tu veux savoir. Pourquoi cette mise en scène? Si tu voulais me voir, pourquoi ne pas le demander clairement?

— Te demander quoi? Quelle mise en scène? Qu'est-ce que c'est que cette histoire?

— Faut-il que j'apporte un deuxième verre, monsieur?

Nous nous sommes tournés vers le serveur qui attendait, impassible, sa bouteille de champagne à la main.

— Je comprends tout! s'exclama Klonk. On cherche à nous distraire, tout simplement, pendant que... Sortons d'ici, vite! Il n'y a pas une minute à perdre!

— Et le champagne, monsieur?

— Bonne idée! Je l'emporte avec moi!

Klonk marchait d'un pas rapide vers je ne sais quelle destination tout en dissimulant dans son paletot la bouteille de champagne. Aussitôt parvenu dans la rue, il s'arrêta devant la banque qui était située en face de l'hôtel, si brusquement que j'ai failli le bousculer.

Il regardait fixement un guichet automatique, devant lequel se tenait une femme blonde, vêtue d'un ample manteau de cuir noir. D'un simple geste, Klonk m'a fait comprendre de m'approcher d'elle par la droite, tandis qu'il en faisait autant par la gauche. D'un pas à l'autre, nous entendions de plus en plus nettement le bruit régulier du guichet automatique qui n'en finissait plus de cracher ses billets.

C'était donc cette femme qui avait dévalisé les guichets automatiques de toute la ville et qui avait si longtemps déjoué Klonk? Occupée par ses activités, elle semblait ne pas avoir senti notre présence. Nous nous sommes approchés encore, sur la pointe des pieds, jusqu'à voir enfin ce qu'elle trafiquait : ramassant les

billets à pleines poignées, elle les déposait, le plus simplement du monde, dans un grand sac qui était fixé sur son ventre, bien dissimulé sous son manteau. Quand elle se retournerait, tout le monde croirait qu'elle était enceinte, enceinte de quelques milliers de dollars...

La machine crachait encore ses billets tandis que Klonk, tout doucement, sortait la bouteille de champagne de son paletot et l'approchait du dos de la femme, sans doute pour lui faire croire qu'il tenait un revolver. Si nous avions affaire à une géniale criminelle, se laisserait-elle berner par une ruse aussi grossière?

— Quel bizarre endroit pour boire du champagne, monsieur Klonk! Ne préféreriez-vous pas que nous allions au restaurant?

Elle s'était alors retournée vers nous, le plus calmement du monde, en nous souriant comme si nous étions de vieux amis. Elle avait ensuite enlevé ses verres fumés, puis sa perruque blonde.

La femme qui m'était apparue alors correspondait point par point à la description de Klonk : elle avait les cheveux bruns, taillés court, les sourcils fins et bien séparés, et sa peau avait la couleur exacte d'un biscuit feuille d'érable.

— ... Karine ?

Klonk était si stupéfait qu'il avait laissé tomber la bouteille de champagne. Je m'étais fermé les yeux, par réflexe, mais je n'ai pas entendu de bruit de verre brisé. Quand je les ai ouverts, j'ai vu la bouteille, suspendue dans les airs, à mi-chemin entre Klonk et Karine.

— Je vous en prie, avait dit Klonk à Karine, tandis que la bouteille s'approchait d'elle.

— Je n'en ferai rien, avait aussitôt répliqué Karine tandis qu'elle se concentrait sur la bouteille pour la repousser jusqu'à Klonk.

La bouteille s'était ainsi promenée de l'un à l'autre, poussée par les ondes de leurs cerveaux, jusqu'à ce que Klonk finisse par céder.

— D'accord, avait-il dit en reprenant la bouteille. Dans votre état, je ne crois pas que le champagne soit particulièrement recommandé.

Karine avait flatté son ventre, comme s'il contenait vraiment un bébé, et Klonk l'avait regardé avec tendresse, comme s'il était le père.

Ensuite, ils s'étaient tus et s'étaient regardés dans les yeux. Je n'ai jamais su s'ils continuaient à se parler par transmission de pensée ou s'ils étaient tout simplement amoureux, mais je me souviens fort bien que je m'étais senti de trop. Même si je brûlais d'obtenir des explications, j'ai cru préférable de les laisser seuls.

Une semaine plus tard, jour pour jour, Klonk et Karine étaient mariés. Le mariage avait eu lieu dans la plus stricte intimité, Agathe et moi leur servant de témoins.

# CHAPITRE
# DIX

Au moment ou j'écris ces lignes, plus de six mois se sont écoulés depuis la rencontre de Klonk et de Karine, six mois au cours desquels je me suis mille fois demandé si je n'avais pas rêvé toute cette histoire. Les événements s'étaient déroulés si rapidement que j'en suis encore tout éberlué.

Fidèle à ses habitudes, Klonk n'avait pas cru bon de m'expliquer ce qui s'était produit, s'imaginant que j'avais tout deviné. Ce n'est qu'après la cérémonie du mariage, au restaurant où ils nous avaient invités, que j'ai enfin obtenu quelques éclaircissements.

Nous avions alors mangé à l'une des meilleures tables de Montréal. Le repas était une pure merveille, et nous l'avions arrosé du meilleur vin que j'aie jamais goûté.

Karine, que j'ai alors appris à connaître, m'a immédiatement semblé très sympathique, particulièrement après qu'elle m'eut avoué avoir beaucoup apprécié mes romans, qu'elle avait tous lus.

J'avais alors compris que la précision de la description de Klonk n'avait rien d'étonnant : il l'avait composée de mémoire. En effet, Klonk avait déjà rencontré Karine, il y avait bien longtemps de cela, et n'avait jamais cessé d'être amoureux d'elle.

Ils avaient à peine seize ans quand leurs destins s'étaient entrecroisés. Cela s'était passé au lac Noir, dans les Laurentides, où leurs parents avaient loué, par hasard, des chalets voisins.

Chaque soir, Karine organisait pour les estivants des spectacles de magie au cours desquels elle faisait disparaître des cartes et des pièces de monnaie. Tandis que tout le monde la pressait de questions pour qu'elle dévoile ses trucs, Klonk, lui, se contentait de l'observer. Il avait immédiatement compris que Karine n'avait pas besoin de trucages : les objets disparaissaient vraiment!

Jaloux de ses pouvoirs, Klonk avait alors passé des nuits blanches à tenter de se concentrer sur de petits objets pour les faire disparaître. Comme il ne contrôlait pas très bien, à cette époque, les ondes de son cerveau, il lui avait fallu deux semaines d'efforts intenses pour y arriver. Klonk avait alors l'intention de proposer à Karine de participer à son spectacle, mais il était déjà trop tard : les vacances étaient terminées.

Prenant son courage à deux mains, il avait invité Karine, juste avant son départ, à faire avec lui une randonnée en pédalo. Et là, seuls au milieu du lac, ils s'étaient raconté leurs vies, se demandant s'ils étaient les seuls au monde à posséder ces étranges pouvoirs.

L'été suivant, la famille de Klonk avait loué le même chalet et Klonk n'avait pas de plus grande hâte que celle de revoir Karine. Mais la famille de Karine, entre-temps, avait déménagé en Californie. Il n'était évidemment pas question pour eux de louer le chalet du lac Noir...

— Et alors ? avait demandé Agathe, qui aime bien les histoires romantiques et qui en avait presque les larmes aux yeux.

— Et alors rien, avait répondu Karine. J'ai parcouru le monde, en donnant de temps à autre des spectacles de magie. J'avais presque oublié Klonk, jusqu'à ce qu'un jour, par hasard, je lise le récit de ses aventures. Je n'arrivais pas à croire que ce héros de romans était le même Klonk que j'avais connu jadis au lac Noir... Pour en avoir le cœur net, j'ai décidé de lui tendre un piège.

— Vous avez donc entrepris de dévaliser les banques dans le seul but de rencontrer Klonk?

— Non. J'avais aussi besoin d'argent pour me payer une nouvelle automobile.

— ... Une automobile à deux cent mille dollars?

Agathe, qui avait posé ces questions, semblait trouver que cette histoire, soudainement, n'était plus très romantique. Karine avait avoué son crime sans broncher et Klonk la regardait sans réagir, se transformant ainsi en complice! L'amour rend-il aveugle à ce point, fait-il perdre tout scrupule?

— Je me serais arrêtée bien avant si Klonk avait été plus rapide, avait dit Karine en lançant un regard moqueur à Klonk.

Klonk avait alors penché la tête, un peu honteux, et avait murmuré quelque chose à propos de l'informatique, en utilisant des expressions qu'il m'est impossible de rapporter ici. Ce qu'il avait ajouté ensuite, en revanche, nous avait rassurés :

— Ne vous inquiétez pas pour l'argent. Nous l'avons rendu aux banquiers, ce qui nous a donné l'occasion de leur vendre un excellent système qui leur permettra, à l'avenir, d'éviter ce genre de fraude.

— C'est ainsi que j'ai obtenu suffisamment d'argent pour me payer une automobile neuve, a alors ajouté Karine, de même que des billets d'avion. Nous partons bientôt faire le tour du monde. Nous commencerons par l'Afrique, nous irons ensuite en Inde, puis en Chine...

— Nous n'oublierons pas l'Australie, avait complété Klonk. Karine a toujours aimé les kangourous... Au fait, ma chère Karine, il faudrait songer à régler l'addition. J'espère que tu as une carte de crédit.

— Ce ne sera pas nécessaire, avait répondu Karine, les yeux pleins de malice.

Elle nous avait alors montré l'addition, que le serveur venait tout juste d'apporter : la facture s'élevait à deux dollars quatre-vingt-quinze, taxes incluses.

— Il y a sûrement une erreur, me suis-je aussitôt exclamé. Un repas pour quatre personnes dans un restaurant comme celui-ci ne peut pas...

— Je ne comprends pas ce qui a pu se produire, avait répliqué Karine en m'adressant un clin d'œil. Sûrement une erreur de leur ordinateur...

— Je pense qu'il serait convenable, avait ajouté Klonk, de
laisser un généreux pourboire...

# CHAPITRE
# ONZE

— C'est une belle histoire, tu ne trouves pas? m'avait demandé Agathe pendant que nous rentrions à la maison, après avoir déposé Klonk et Karine à l'aéroport. Tu devrais en faire un livre.

— Je ne sais pas si c'est une bonne idée.

— À ta place, je n'hésiterais pas : tout le monde aime les belles histoires d'amour qui se terminent par un mariage. Qu'est-ce qui t'empêcherait de l'écrire?

Plutôt que de lui répondre, j'avais haussé les épaules et allumé la radio de l'automobile. Comme on ne passait à tous les postes que des chansons d'amour, je l'ai éteinte. Je n'avais pas envie de parler, mais Agathe ne me laissait pas de répit :

— Qu'est-ce qui te chicote? Tu as l'air triste, alors que tu devrais te réjouir du bonheur de ton ami... Serais-tu jaloux?

— Ce n'est pas ça, non.

— Tu n'aimes pas Karine?

— Qu'est-ce qui te fait croire ça? Karine est une femme merveilleuse. Jamais Klonk n'aurait pu trouver meilleure compagne. Tout est bien qui finit bien... C'est justement ça qui me laisse songeur.

— Qu'est-ce que tu veux dire?

— Tu ne comprends pas? Klonk se marie! Qu'est-ce qui se passe, habituellement, quand le héros se marie?

— L'histoire est terminée, voilà tout.

— C'est ça qui m'inquiète! Nous venons peut-être d'assister à la dernière aventure de Klonk!

— Il a bien le droit de se reposer et de mener une vie normale, non ?

— Et qu'est-ce que je deviens, moi, là-dedans ? Je vais être obligé d'inventer des aventures au lieu de les vivre ! Je n'arrive pas à croire que ce soit vraiment fini.

— Seul l'avenir nous le dira... Si je me fie à mon intuition, je suis portée à croire que les véritables aventures viennent à peine de commencer.

Peut-être avait-elle raison, me suis-je dit en rallumant machinalement la radio.

*Ceci est un bulletin spécial d'informations. Nous apprenons à l'instant une nouvelle extraordinaire. La tour de contrôle de l'aéroport nous informe en effet qu'un avion, qui venait tout juste de décoller, a soudainement disparu dans le ciel. Je dis bien disparu, sans laisser la moindre trace. Le Boeing 747, qui ne transportait curieusement que deux passagers...*

**Série « Klonk »**

**Transcontinental**
IMPRESSION
IMPRIMERIE GAGNÉ

IMPRIMÉ AU CANADA